只余剩米慢慢煮

种田山头火俳句 300

湖南文艺出版社　博集天卷

［日］种田山头火——— 著　　　高海阳——— 译

雅众文化 出品

目录

用俳句熬炼生命的山头火
——种田山头火小传

一

作为日本传统诗歌的一种固有形式，俳句在日本流传至今，对世界多个国家的诗歌和文学，均有着积极的影响。古典俳句的大师，首推江户时代的松尾芭蕉（1644—1694）、与谢芜村（1716—1783）、小林一茶（1763—1827）三大家，他们的名字，已为我国读者逐渐熟悉。

芭蕉把古典俳句推上了一个顶峰。到了近代，正冈子规（1867—1902）把它诠释为所谓"有季定型"，即以春夏秋冬的景物写生为基础的客观描写。而另一方面，正冈的弟子河东碧梧桐（1873—

1937），及其后的荻原井泉水（1884—1976）开始推进新倾向俳句运动，派生出来的，是自由律俳句。

自由律俳句不拘泥于格式，更重视内心表达，是将人生的感受用象征化手法表现出来的短诗。

种田山头火（1882—1940）师从荻原井泉水，是这一诗歌源流发展的一个重要的里程碑。他的作品在日本和世界范围受到了广泛的赞扬。远在二十世纪三十年代，就有人把他和俳圣松尾芭蕉相提并论，誉之为当代的芭蕉。

山头火是一个托钵行脚的僧人。人生早年所经的苦难、因缘使得他在四十二岁那年出家为僧，从此踏上了云游的行旅。他的俳句，有朴素、清纯、自然之美，并追求在短诗里承载更大的容量和艺术表现力，通过自己真挚的感受，以直描、隐喻、象征的写作感动了无数读者。

漂泊乞讨的生活，日复一日的行走，山头火始终追求着"真诚地写真挚的诗句"。与山水的邂逅，自然界的各种物象便成了他观察思考和表现的对象，他目中的山水便成了不同于任何人的、属于他自己的山水；他的兴寄和意蕴，便饱含了山水的灵性和人间五味。

在日本，差不多每隔十年左右就掀起一次山头火热，他的句碑在各地建立了数百座。1989年，作为特别节目，日本NHK电视台拍摄了电视剧《山头火：为何风吹寂寞》，在日本全国热播，他的不凡人生广为人知。在中国，因为有着相似的诗僧经历，山头火也不时被提起，称为"日本的李叔同（弘一大师）"。

山头火最近一次引起大众瞩目和倾慕，缘于高仓健生前主演的最后一部电影《只为了你》（2012年）。电影里，北野武扮演的一个退休教师的角色，和高仓健演的主角之间，有一段意味深长的对话，是关于山头火的。

北野武问，你知道旅行和浮浪，有何不同吗？高仓健摇摇头。北野武呷了一口泉水泡就的咖啡，望着天边的夕阳，说道，他们的区别就在于有没有目的地，旅行有目的地，而浮浪则没有。高仓健略有所思，说，那么，松尾芭蕉之旅乃是旅行，而种田山头火之旅则是浮浪吧？北野武点了点头，说，对，从另外一个角度来说，他们的区别也可以是，是否有归途。旅行有归途，而浮浪则没有。芭蕉知道他一定会回到京都的，而山头火呢？他

没有家。北野武停了一下，望着远处的群山，轻轻吟诵了一首山头火的俳句：

行不尽，行不尽，一路青山。
分け入つても分け入つても青い山

第二天清晨，北野武已经离去，高仓健发现他的车门上，挂着一个塑料袋，里头是退休老师留给他的一本书——山头火的句集：《草木塔》。

二

种田山头火生于 1882 年，卒于 1940 年，曹洞宗僧侣。是生涯横跨明治、大正、昭和三个年代的俳句诗人。

出生地在山口县防府市，原名叫种田正一，山头火是他的笔名。

山头火？听起来怪怪的名字吧。这个名字，是从"纳音"而来的。

听都没听说过吧，纳音？这就要简单解释一下了。

"纳音"，就是古代中国人民根据"五行"和六十干支的理论来为不同音阶确定五音。按金、木、水、火、土分类，前面再加上形容词一共分成三十类，以出生年份的"纳音"来判断人的运程走势。纳音在某种意义上，就是为占卜而做的分类吧。

也就是，有一个叫山头火的分类，种田正一以此取了笔名。对了，其实种田山头火的出生年份的纳音，并非"山头火"，他本人说，看到这个纳音的字面和含义，一高兴，就选用了。

选一个和自己出生年份没半点关系的纳音做名字，这个人，很有意思吧。

回过头来说他的成长历程。

在山口县防府市出生的山头火，家里是大地主，他是长子。那就是人生的将来已经有保障的那种。那时候，种田家被称为"大种田"，很有钱，有名望。

山头火是5个兄弟姐妹里的长子，在茁壮成长的11岁时，他妈妈在家中投井自杀了。

自杀原因是，山头火的父亲一贯蓄养小妾，流连青楼。家里有钱，又已经育有5个子女，遇

到这种事，妻子一定是生无可恋吧。

母亲的自杀，对 11 岁的山头火来说，是个异常沉重的打击。

从此之后，母亲的自杀，一直是山头火心里挥之不去的阴影。

据说，山头火目睹母亲的遗体被捞上来，运走。虽说大人让小孩避开，但他还是惊恐交加地从隙缝里偷看到了。

之后，山头火交给了祖母抚养。对山头火来说，故乡从此变成了令他无比忧郁的地方。

日后，他一直在故乡难以久留，脚步不停地行走四方。也许，这是受母亲自杀这一事件的影响吧。

14 岁时，山头火和诗友创办了文艺小杂志。15 岁时正式开始了俳句的创作。

后来，高中毕业，年级第一名。果然头脑好，非常聪明。

20 岁时，考上了著名的早稻田大学文学科。

但两年后，因患神经衰弱，退学了。

从这个时候开始，山头火的人生，开始一点点发生倾斜了……

山头火退学回家后，他父亲投资开办了种田造酒厂。但仅仅两年，生意就失败了。

本来是大地主，后来把老家的几处房产，都全部变卖了，抵债周转。

山头火本来是大地主家的长子，家里却啥都没给他留下。

尽管如此，山头火还是开始了山头火独有的人生。

27 岁那年结了婚，第二年，儿子出生了。

三

29 岁时，在防府市的乡土文艺杂志上，山头火开始发表定型俳句和外国文学翻译作品。有一段时间，他特别迷屠格涅夫。

他虽然后来是作为"自由俳"大师成名，原来一开始也是写规整的定型俳句的。

什么是定型俳句呢？就是开篇要有季候语，遵循五 - 七 - 五三句共十七音节的格律的短诗。

那什么是自由律俳句呢？重视俳句自身的韵律感，对季语、五七五格律不屑一顾，这就是前

卫的"自由律俳句"。山头火便是自由俳句的代表人物。

31岁时,命运的邂逅出现了。

荻原井泉水主办的《层云》杂志上,开始刊登山头火的自由律俳句。

荻原是自由俳的大师。通过《层云》杂志的投稿,山头火开始了自由俳的创作,并渐露头角。

34岁时,成了《层云》杂志的编选者,这可是公认的实力的证据。

看样子,文学活动一切都上轨道了。但是,家族经营的造酒厂这时却深陷经营危机了。

接着,经营改善的努力不奏效,种田家族破产了。老爸去向不明。

老爸躲债,跑了。

山头火得到俳友的帮助,带着妻子儿子,一路狼狈,搬到了熊本。

在熊本,山头火开过书店,书店没搞好,又换成镜框店,生意也不顺当。

商店经营交给了妻子,山头火感到了空虚和失落,一筹莫展。

漏屋偏遭连夜雨,打击接踵而来:弟弟也自

杀了……

山头火强忍痛苦，只能每日沉湎在酒中寻找解脱。

后来，他抛妻别子，只身离家上东京。结果呢，妻子和他提出离婚了。

山头火郁郁不得志，穷于应付自己的困境。想想看，其实他妻子也真是可怜。

他任性离家、离婚，独自在东京浪迹4年，四处碰壁。在1923年遭逢东京大地震脱险后，又万般无奈地返回了熊本，寄居在前妻家中。这年，他41岁了。

山头火心无顿着，常常嗜酒喝到泥醉。有一次酒后，出事了。

迎面而来的火车，在他跟前幸亏刹车停住了。有一个说法，这是他自杀未遂。

这样下去要完全崩溃的。一个相识的记者，把山头火带到市内的报恩禅寺里。方丈名叫望月义庵，收留了他。42岁那年，山头火剃度成了出家僧人。

1924年，山头火就这样出家了。

次年，山头火托钵出行，成为行脚僧侣。身穿僧衣，头戴斗笠，足迹遍布西日本，四处云游。

所谓托钵行脚，就是乞行漂泊之旅。

旅途中，山头火坚持俳句创作，每有佳句，常常给《层云》杂志投稿。

不时，在某处筑一小庵，住些许时候，又上路了。

也许他在路上，才能真正找到属于他的自己，找到生命的意义。

虽说主要在西日本托钵云游，但其实他走到过长野县、山梨县，以及东北地区。

走得很多，很长。

最后，1939 年年末他到了四国松山市，筑起了"一草庵"，继续写俳句。

第二年，他在庵中，酒后因脑出血去世了。享年 58 岁。

四

山头火在世时几乎没有名气，去世后，却被誉为"自由律俳句"的代表俳人之一。

他得度舍弃了尘世，在行乞云游中度过了下半生，与自然融为一体，毫不虚饰自我，自由地坚持追求创作之路。

行脚生活中，山头火创作了大量的俳句。据说多达八万首。

去世的半年前，山头火自编的俳句集《草木塔》在东京出版了。这是他一生的心血之作。

从八万多首里，山头火选出了701首成集。这是他倾注了浑身功力的选集。

而且，他都是从行脚之后的作品中挑选的。大概这才是他寻见的自己的生活吧。

这一册划时代的俳句集，山头火是献给死去的母亲的。

在扉页上，山头火写道：

"本书供献于英年遽逝的母亲的灵前。"

毕竟，母亲自杀，是山头火一生心中萦绕不散的痛。

山头火的代表作品，下面姑且列举几句。

行不尽，行不尽，一路青山
分け入つても分け入つても青い山

背影渐远，秋雨中
うしろすがたのしぐれてゆくか

缓行啼布谷，急行布谷啼
あるけばかつこういそげばかつこう

读到这些俳句，会让你觉得：俳句可以这么
自由！

第一句就是前面引用过的，相当有名的一首。

教科书里放的话，应该就是这一句了。

就这么一读，觉得山头火是在郁郁葱葱的山
里晃悠。其实，这句的主题是青山。

这青山，是山头火一生摸索，摸打滚爬也绕
不过，爬不尽的山。这正是他人生的写照。

在山里走啊走，越走越往山深处；熬啊熬，
自己的人生也是如此，没有尽头。

俳句创作也是一样，越走越深，没有终极可
达的止境。

山头火吟诵这首俳句时，心里也许是这样，
有千般思绪飘过的。

貌似简单、即兴的吟诵，也会令人感受到一份深远和沉重，同时感受到越过痛苦前行的决心。

　　山头火的俳句，除了以《草木塔》为中心外，出家云游前和《草木塔》出版后，也多有佳作。

　　在一草庵最后的日子里，已经万物清澈的山头火，咏出了辞世的绝句：

云涌起，白云涌起，我步向白云
もりもりもりあがる雲へ歩む

　　仿佛看到了他那孤清的背影，缓缓消失在深秋的雨中。

高海阳

2019 年 8 月

草木塔

钵

子

1   水中掠影，一旅人

　　水に影ある旅人である

2   瀧瀧＊入寒山，淅淅＊雨

　　しぐるるやしぐるる山へ歩み入る

＊这里用了两个叠音字，分别译作"瀧瀧"和"淅
淅"保留原意。

18

3   默然着芒鞋，又一天

　　だまつて今日の草鞋穿く

4   落叶飘飘，醉超然

　　ほろほろ酔うて木の葉ふる

5　　凄凄雨中行，吾未死 *

しぐるるや死なないでゐる

*山头火在羁旅中患重病，写下了这一首俳句。

6　　笔直一条路，寂寞满心扉 *

まつすぐな道でさみしい

*这是很有名的一首俳句，其英译"full of
loneliness"风行一时。

7 落停斗笠上，蜻蜓伴我行 *

笠にとんぼをとまらせてあるく

*斗笠是行脚僧所戴的竹帽。原意是我平稳些
走路，不把停在斗笠上的蜻蜓惊飞。

8 一路彼岸花 *，苦行到天涯

歩きつづける彼岸花咲きつづける

*彼岸花即曼珠沙华，传说开在通往地狱之路上。

9　　**孤影对，新糊格子窗**

　　　張りかへた障子 *のなかの一人

　　　* 障子是带格子的和室门窗，可以平行拉动。

10　　**吾亦一人听鸦啼 ***

　　　鴉啼いてわたしも一人

　　　* 前有题记："和放哉居士一句。"尾崎放哉也
　　　是自由俳诗人，和山头火一样，同出于自由俳
　　　创始人荻原井泉水门下。

11　　行不尽，行不尽，一路青山 *

　　分け入っても分け入っても青い山

* 前有题记："大正十五年四月，背负难解的
疑惑，踏上行乞流转的行旅。"大正十五年即
1926 年，这首著名的俳句是山头火托钵行脚的
开篇之作。

12　生死间，霏霏雪不停 *

生死の中の雪ふりしきる

＊前有题记："了生死,是佛家第一大事之因缘。"

13　前行化缘处，头顶炎暑天

炎天をいただいて乞ひ歩く

14 滑倒复跌倒，山无声

 すべってころんで山がひつそり

15 此山不得见，已渐远 *

 また見ることもない山が遠ざかる

 * 山头火在九州各地漂泊流浪时所作。

16　家当难弃，背负沉

捨てきれない荷物のおもさまへうしろ

17　拨草寻路，有水声

分け入れば水音

18   墙根久未扫，欲扫见花开

ひさしぶりに掃く垣根の花が咲いてゐる

19   只此无为身，且前行 *

どうしようもないわたしが歩いてゐる

*指自己百无一用、漫无目的地前行。

20　　伸腿坐，脚上落余晖

　　　　投げだしてまだ陽のある脚

21　　湿漉漉，雨中指路石 *

　　　　しとどに濡れてこれは道しるべの石

　　　　* 把方向距离刻在岩石上，称为指路石。

22 沐松风，晨暮叩寺钟

松風に明け暮れの鐘撞いて

23 搔瘰痒，幸存此残躯

生き残つたからだ掻いてゐる

24　寒蝉鸣不尽，天涯旅 *

この旅、果もない旅のつくつくぼうし

* 日本人认为黄昏蝉鸣，是忧郁的声音。

25　漫漫荻芒草，踏开复前行 *

踏みわける萩よすすきよ

* 此句写诗人漫无目的地在西日本各地漂泊。
荻草和芒草都是秋天的野草。

26   幽人独坐，月将沉

　　　落ちかかる月を観てゐるに一人

27   人自深山，负茧来

　　　山の奥から繭（まゆ）負うて来た

28　叶落迎面，急前行

木の葉散る歩きつめる

29　尝味清水，意飘然*

へうへうとして水を味ふ

* 指饮着水，人像风一样飘然。

30　叶尽枯时，熟结豆

　　すつかり枯れて豆となつてゐる

31　湿我身，雨自那片云

　　あの雲がおとした雨にぬれてゐる

32   暮年乡愁切，似蝉鸣

　　　年とれば故郷こひしいつくつくぼうし

33   水声携一路，梓里下山来

　　　水音といつしよに里へ下りて来た

34 摘斗笠，万里无云翳

まつたく雲がない笠をぬぎ

35 墓成排，洪波涌前来

墓がならんでそこまで波がおしよせて

36   昨泥酔，蟋蟀一同睡

　　　酔うてこほろぎと寝てゐたよ

37   滴雨声中，听暮年

　　　雨だれの音も年とつた

38　途乞无人家，山上见白云

　　物乞ふ家もなくなり山には雲

39　斗笠，也已漏雨了？*

　　笠も漏りだしたか

*这首是山头火的述怀作，道出了路途的漫长艰辛。

40   霜夜，何处借床眠

霜夜の寝床がどこかにあらう

41   背影渐远，秋雨中

うしろすがたのしぐれてゆくか

* 前有题记："昭和六年，我努力在熊本安顿下
来，但做不到。只能又踏上行脚之路。"昭和
六年即 1931 年。这首著名俳句是山头火的代
表作之一，给读者留白了想象空间。

42   冰雹敲铁钵*，响叮当

鉄鉢（てっぱつ）の中へも霰（あられ）

*铁钵是行乞用的器皿，僧人须接受任何落在钵子里的东西。

43   故乡无限远，透过新树芽*

ふるさとは遠くして木の芽

*从眼前的新树芽看到了遥远的故乡。

44　　斗笠一声响，落下山茶花

　　　　笠へぽつとり椿だつた

45　　今日路，开满蒲公英

　　　　今日の道のたんぽぽ咲いた

46 拂晓知佳日，孤星悬中天

けさもよい日の星一つ

47 投箸只一人，饭已足

いただいて足りて一人の箸をおく

其中一人

48　赤足行，雨中是故乡 *

雨ふるふるさとははだしであるく

* 山头火回到故乡，住在妹妹家里，一副乞丐的行头。人们不再认得这位从前种田家的大少爷。妹妹对他说："请在邻居们起床前离开吧。"清晨离开时，天下着雨，山头火脱了草鞋，含着泪赤脚走在故乡的街道上。

49　彼岸花盛开，恰逢搬来时

うつりきてお彼岸花の花ざかり

50　草上露珠，凝欲滴

　　草の実の露の、おちつかうとする

51　化得一柚子，向晚空

　　ゆふ空から柚子の一つをもらふ

52　茫然无所待，月东升

　　月が昇つて何を待つでもなく

53　一人独生火，亮堂堂

　　ひとりの火の燃えさかりゆくを

54　枇杷花正开，天阴似谁来?

　　誰か来さうな空が曇つてゐる枇杷の花

55　枝头闹，想是觅食晨鸟声

　　音は朝から木の実をたべに来た鳥か

56 拔草复拔草，拔去草执着

ぬいてもぬいても草の執着をぬく

57 天微亮，推窗见叶青

もう明けさうな窓あけて青葉

58 赤裸身，蜻蜓似向身上停?

かすっぱだかへとんぼとまらうとするか

59 虫来了，窸窸窣窣不作声

かさりこそり音させて鳴かぬ虫が来た

60 自在观我佛，落叶舞深庭

　　落葉ふる奥ふかく御仏を観る

61 庵外霏霏雪，烧火独一人

　　其中雪ふる一人として火を焚く

62   我自归来，月影中

       月かげのまんなかをもどる

63   翻飞看麻雀，落散蒲公英

       すずめをどるやたんぽぽちるや

64　今日稀无客，尚有萤火虫

　　けふもいちにち誰も来なかつたほうたる

行乞途上

65   荆花啊，此身愿为花下土

　　花いばら、ここの土とならうよ

66   一行又一日，蚁亦山中行

　　山のいちにち蟻もあるいてゐる

67　为有皎皎月，云儿快快行

　　雲がいそいでよい月にする

68　丝瓜亦垂首，今日别

　　けふはおわかれの糸瓜がぶらり

69　故乡云霞处，重重山

　　かすんでかさなつて山がふるさと

70　春风吹托钵

　　春風の鉢の子一つ

71   阔别归来处，竹笋正春荣 *

ひさびさもどれば筍によきによき

* 诗人回到其中庵。

72   无家可归时，秋渐深 *

家を持たない秋がふかうなるばかり

* 行乞流浪的生活始终伴随着孤独和空虚。这
首俳句是山头火回到故乡，终于结庐入住其中
庵时所写。

73　旅途多随意，雨中任我行

わがままきままな旅の雨にはぬれてゆく

74　时晴时雨，青青田

はれたりふつたり青田になつた

75 芳草萋萋処, 生命已尽焚

草しげるそこは死人を焼くところ

76 晨露重, 直向去処行

朝露しつとり行きたい方へ行く

77 　明日翻越去，向山杜鵑啼

　　ほととぎすあすはあの山こえて行かう

78 　脱斗笠，雨透湿

　　笠をぬぎしみじみとぬれ

79 朝雨歇，野蓟斑斓色 *

あざみあざやかなあさのあめあがり

* 此句原文读来琅琅上口，用了连续四个"a"
音。山头火善用叠字重音。

80 来啊来，萤火虫，故乡觅汝踪

ほうたるこいこいふるさとにきた

81   辗转欲睡松荫下，沐松风

　　松かぜ松かげ寝ころんで

82   山风吹野草，干衣待途中

　　旅の法衣がかわくまで雑草の風

83   谁家倩影灯明灭，隔岸一望中

水をへだててをなごやの灯がまたたきだ

した

山行水行

84　暑天无处藏，流泉带清凉

炎天かくすところなく水のながれくる

85　日中天，地藏菩萨正开颜[*]

日ざかりのお地蔵さまの顔がにこにこ

* 在日本，地藏菩萨被认为是儿童的保护者，路边也常见地藏的石雕像。

86   等否? 行否? 野草上，皓月明

待つでも待たぬでもない雑草の月あかり

87   月色蚊帐影，似有谁人来

蚊帳へまともな月かげも誰か来さうな

88　柿叶落方尽，山茶花满开

　　散るは柿の葉咲くは茶の花ざかり

89　天空有几深? 清潭倒影落叶沉

　　空のふかさは落葉しづんでゐる水

90 　月光洒肩背，身影渉水行

　　うしろから月のかげする水をわたる

91 　家貧屋頂雪，初融滴落声

　　とぼしいくらしの屋根の雪とけてしたたる

92   拾得山柴将将足，放晴此青峰

    焚くだけの枯木はひろへた山が晴れてゐる

93   呼余且回首，一片落叶林

    よびかけられてふりかへつたが落葉林

94　明明雪映处，谁人家中静无声

　　雪のあかるさが家いっぱいのしづけさ

95　今夜我与猫头鹰，各自寐不成 *

　　ふくろうはふくろうでわたしはわたしでね

　　むれない

　　* 困扰山头火的除了嗜酒，就是失眠。猫头鹰
　　是夜行动物，夜间不睡；而山头火是欲寐不成。

96 今朝闻水声，似有佳音来

けさは水音も、よいたよりでもありさうな

97 萌芽且生长，幸福正开花

生えて伸びて咲いてゐる幸福

98　拉上格子窗，爬虫却来叩

　　閉めて一人の障子を虫が来てたたく

99　山外山，一瞥梅雨转晴间

　　山から山がのぞいて梅雨晴れ

100　我有酒与食，野草雨霏微

　　食べる物はあつて酔ふ物もあつて雑草の雨

101　夕死可矣，小草开花结果时

　　いつでも死ねる草が咲いたり実つたり

102　日中天，孑然一落叶

　　日ざかり落ちる葉のいちまい

103　故乡水，饮一瓢，沐一身

　　ふるさとの水をのみ水をあび

104　彼岸花，开彼岸，请来礼佛前

　　お彼岸のお彼岸花をみほとけに

105　故乡遍青冢，悠悠彼岸花

　　彼岸花さくふるさとはお墓のあるばかり

106　负重荷，目盲何处行

重荷を負うてめくらである

107　黄昏雨洗后，茄子采摘时

夕立が洗っていった茄子をもぐ

108 故乡时相忆，渡头潮涨平如织

おもひでは汐みちてくるふるさとのわた

し場

一旅又一旅

109 君不見，潭底明月，行旅天
　　　月も水底に旅空がある

110 午睡一覚醒，环視皆青山
　　　昼寝さめてどちらを見ても山

111　旅宿何处好？四面青山向酒家 *

よい宿でどちらも山で前は酒屋で

　　* 酒对于山头火的特别意义，由此也可见一斑。

112　草实多零落，此处欲一眠

ここで寝るとする草の実のこぼれる

113   后庭几棵树，噪蝉鸣

うらに木が四五本あればつくつくぼうし

114   门前大路屋堂皇，火葬场

よい道がよい建物へ、焼場です

115　　行到水穷处，春随溪声来

　　　　春が来た水音の行けるところまで

116　　处处降春雪，只得此径行

　　　　この道しかない春の雪ふる

117 櫻花悄绽放，逢别两倏然

いつとなくさくらが咲いて逢うてはわか

れる

118 燕子来回飞，草鞋一旅又一旅

燕とびかふ旅から旅へ草鞋（わらじ）を

穿く

119　深山里，唯有款冬静静开

山ふかく蕗（ふき）のとうなら咲いてゐる

杂草风景

120 **日影何时成月影，皆为树下影***

日かげいつか月かげとなり木のかげ

*此处同原文用了三次叠字"影"，翻译时尽量移译原来格式。

121 **唐椒*****渐红熟，无人来**

誰も来ないとうがらし赤うなる

*日本把辣椒叫作"唐椒"，原由中国传入。

¹²² 但坐枯草上，枯草好颜色 *

枯れゆく草のうつくしさにすわる

* 山头火不是坐在枯草上，而是坐在枯草的金
黄美色上。

¹²³ 雪霁恰元日，掬水满一泓

霁（は）れて元日の水がたたへていっぱい

124 环顾草色秀，时雨淅沥中

　　しぐれつつうつくしい草が身のまはり

125 情怯人声近，树芽一瞬明 *

　　人声のちかづいてくる木の芽あかるく

　　* 把新芽的颜色变化和人声的远近关联在一起
　　的通感杰作。

126   野草轻摇曳，不禁盼人来

　　　草のそよげば何となく人を待つ

127   迎风走，欲何求？*

　　　何を求める風の中ゆく

*山头火在这首短句中自问了一个人生的终极
问题。

128　谁使草开花，蝶来游

　　草を咲かせてそしててふちよをあそばせて

129　绿叶深处犹通幽，小径至青冢

　　青葉の奥へなほ径があつて墓

130   树荫底下乘清风，都是同道人

　　　木かげは風がある旅人どうし

131   月光洒满庭，前后蟋蟀声

　　　月のあかるさがうらもおもてもきりぎりす

132   似君欲来见，此刻听风铃

あんたが来てくれさうなころの風鈴

133   嫩竹指青空，烦忧一寸无

空へ若竹のなやみなし

柿叶

134 荒海浪来去，意空虚

こころむなしくあらなみのよせてはかへし

135 水声时远近，本是自在行

水音とほくちかくおのれをあゆます

136 蝶翩翩，高飞过屋檐

てふてふひらひらいらかをこえた

137 过桥步履急，今日听足音

今日の足音のいちはやく橋をわたりくる

138 欲纏无所依，野蔓自枯零

からむものがない蔓草の枯れてゐる

139 佇立循水声，小路掩映行

立ちどまると水音のする方へ道

140　　冬林掩映月如灯，伴我眠

冬木の月あかり寝るとする

141　　素知寂寞如枯草，独一人 *

やっぱり一人はさみしい枯草

* 枯草、野草，始终是山头火心里的风景，也
代表了他内心的安静、孤独和迷惘。

142　落叶邻舍灯，陡然倍觉亲

　　落葉してさらにしたしくおとなりの灯の

143　褴褛衣衫臃肿穿，满面欢喜颜*

　　ぼろ着て着ぶくれておめでたい顔で

　　*山头火的自画像。

　添柴火更旺，雨雪今晨来

みぞるる朝のよう燃える木に木をかさね

　残生多磨难，衣破缝补时

しみじみ生かされてゐることがほころび縫

ふとき

146 荣华似云来复去，水光遥

雲のゆききも栄華のあとの水ひかる

147 开门浴春风，南无阿弥陀

春風の扉ひらけば南無阿弥陀仏

148　清丽此古钟，撞一声

　　うららかな鐘を撞かうよ

149　缓行啼布谷，急行布谷啼 *

　　あるけばかつこういそげばかつこう

　　* 布谷鸟，别称郭公。这首描述了漫山遍野的
　　布谷声映衬着旅者的心情。

150　芒穗犹解意：长风最孤寂

風は何よりさみしいとおもふすすきの穂

151　今日寒风凛，送来邮一封 *

けふは凩のはがき一枚

* 山头火写过几首和邮信相关的俳句，大概是
因为孤寂中也有渴望陪伴的时候。

152　露湿柿叶落，辉映有天光

落葉の濡れてかがやくを柿の落葉

153　影绰窸窣夜，鄙人独宵食 *

影もぼそぼそ夜ふけのわたしがたべてゐる

* 这是"自嘲"的一首。

154　不羡花开好，垂露落叶松

　　ひらくよりしづくする椿まつかな

后方 *

* 此集山头火写于 1937 年日军侵华战争之后，客观描写了战争给日本老百姓带来的苦难。山头火写道：『天既不灭我，让我作诗；我便作诗以为生，作发自我心的赤诚的诗。』

155   恰正午，千人一针针 *

日ざかりの千人針の一針づつ

* 山头火描写街头所见。"千人针"是日本妇人
让过路者在布上缝上一个结，凑足千结，保佑
亲人平安归来。

156   明月光，疑又爆炸在何方

月のあかるさはどこを爆撃してゐることか

157　凄雨流云碎，茫茫思中国

　　　しぐれて雲のちぎれゆく支那をおもふ

158　八手花始开，寂无声 *

　　　ひつそりとして八ツ手花咲く

　　*八手花即八角金盘花。此句描写死亡士兵的
　　家里。

159　六百五十骨，寂静迎雨中 *

　　しぐれつつしづかにも六百五十柱

* 街头所见白描。

160　埋君暖山麓

　　山裾あたたかなここにうづめます

161 庙会街市闹，君成白骨归

街はおまつりお骨となつて帰られたか

162 簌簌汗滴下，纯白骨灰盒*

ぽろぽろしたたる汗がましろな函に

* 描写了抱着遗骨回家的父亲。

163 骨片化黄土，故园秋

その一片はふるさとの土となる秋

164 马亦被征伍，空留老妇翁 *

馬も召されておぢいさんおばあさん

*战争给老百姓带来的苦难跃然字里行间。

165 　最后一餐，日本米饭，簌簌汗 *

　　これが最後の日本の御飯を食べてゐる、汗

　　* 此句描写出征的士兵临行时的痛苦情景。

166 　凝眸，决眦，复凝眸 *

　　ぢつと瞳が瞳に喰ひ入る瞳

　　* 这首描写了一对情人出征送别时的惨烈情景。

167 手足留中国，残躯返家乡

足は手は支那に残してふたたび日本に

孤寒

168   播种毕，山色欲喜雨

播きをへるとよい雨になる山のいろ

169   焉知死：冷凝天空，远去云

死はひややかな空とほく雲のゆく

170　焉知死：静美晴空，光秃树

　　死のしづけさは晴れて葉のない木

171　草実満袖襟，暖人心

　　草の実が袖にも裾にもあたたかな

172 　枯芒尽凋零，积雪深

　　　枯すすき枯れつくしたる雪のふりつもる

173 　供上乌冬面：母亲啊，儿亦食一碗*

　　　うどん供へて、母よ、わたくしもいただき

　　　まする

　　*山头火终生在怀念早逝的母亲。这是纪念母
　　亲四十七年忌日所写。时年 57 岁。贫困潦倒
　　的山头火没有更好的供品，只得一碗乌冬面。

174　咳难休，却无捶背手

咳がやまない脊中をたたく手がない

175　推窗顿见，春满窗

窓あけて窓いっぱいの春

176　风铃响，似传长孙将诞生 *

初孫がうまれたさうな風鈴の鳴る

* 山头火难得显现的、富有人情味的一面。

177　赤脚归来，草色青

草の青さよはだしでもどる

117

178　鸟啾鸣，鸟噤声，向阳同欢欣

　　ひなたはたのしく啼く鳥も啼かぬ鳥も

179　求得温水归，手捧莫倾覆 *

　　もらうてもどるあたたかな水のこぼるるを

　　* 化缘得来的热水，小心翼翼莫要倾洒的生动
　情景。

180   新笋成新竹，窗前几朝暮

　　　窓にしたしく竹の子竹になる明け暮れ

181   只余剩米慢慢煮，一阵雨

　　　しぐるるやあるだけの御飯よう炊けた

182 浑不觉，案上积尘如冬雪

いつとなく机に塵が冬めく

183 果腹无一物，独向朝晚霞

朝焼夕焼食べるものがない

184 荻花频零落，昨夜等谁家

誰を待つとてゆふべは萩のしきりにこぼれ

185 别离后，每日雪

わかれてからのまいにち雪ふる

186 醒来端坐起，雷在近处鸣

    雷をまぢかに覚めてかしこまる

187 草上坐，只有饭的饭

    草にすわり飯ばかりの飯

旅
心

188 一水相隔男和女，娓娓话不完

水をへだててをとことをなごと話が尽き
ない

189 生我故居无影踪，纷飞萤火虫

うまれた家はあとかたもないほうたる

190　蓝蓝天空下，粒粒米饭香

　　　飯のうまさが青い青い空

191　楼宇缝隙间，青青见远山

　　　ビルとビルとのすきまから見えて山の青

　　　さよ

192   相逢垫草坐左右，便当且分食 *

草をしいておべんたう分けて食べて右左

*描写行乞途上与一位老年流浪者分食便当的
情景。一个简短的句子，像是一部微电影，极
富画像感。

193   小舟渡河津，微波正早春

ちよいと渡してもらふ早春のさざなみ

194　近山人迹稀，蝴蝶翩翩飞

　　人に逢はなくなりてより山のてふてふ

195　忽见故乡影，山椒嫩芽中

　　ふつとふるさとのことが山椒の芽

196　桃树结实时，君已死 *

桃が実となり君すでに亡し

* 山头火写给辞世的友人多多樱君的一首。

197　大桥接小桥，处处萤火虫

大橋小橋ほうたるほたる

198 唯循此路行，草深深

このみちをたどるほかない草のふかくも

199 寻君终寻着，暮蝉正寒鸣

やうやくたづねあててかなかな

鸦

200 水甜冽，蛙鸣切

水のうまさを蛙鳴く

201 月照床前正好眠

寝床まで月を入れ寝るとする

202　劳作复劳作，四周皆芒穗*

働らいても働らいてもすすきッ穂

*这首和下面一首描写贫农的劳动生活。

203　收割忙，掘土忙，播种更繁忙

刈るより掘るより播いてゐる

204　溪流此间合，山樱听泉音[*]

　　ながれがここでおちあふ音の山ざくら

205　鼹鼠朝拱土，垒起一堆土[*]

　　朝の土をもくもくもたげてもぐらもち

206 送目远，飞鸟入云端

鳥とほくとほく雲に入るゆくへ見おくる

207 涛声不绝耳，故乡远无穷

波の音たえずしてふる郷遠し

208　行旅到此地，乡音入耳中

　　ふる郷の言葉となつた街にきた

209　欲寝无一席，故乡有苍穹

　　寝るところが見つからないふるさとの空

²¹⁰ 月亮还邀我，故乡节庆欢

月がまねくふるさとはおまつり

²¹¹ 水声犹亲切，渡河中

音もなつかしいながれをわたる

212　枳花开，故乡小学堂

ふるさとの学校のからたちの花

213　母女捧莲花，来吾家

むすめと母と蓮の花さげてくる

214　惊雷鸣，馥郁花瓣白

雷とどろくやふくいくとして花のましろく

215　顶着风，乞米去

風のなか米もらひに行く

216　西山落日东山月，秋柿压枝垂

日が山に、山から月が柿の実たわわ

217　焚稿处，纸灰随风起 *

焼いてしまへばこれだけの灰を風吹く

*1939 年整理身边文稿时所写。山头火在九年
前的 1930 年，把之前的日记全部烧掉了。

218 　未能舍离断，手摇听风铃

死ねない手がふる鈴をふる

219 　暮秋如青蝇，疾足行

秋もをはりの蝿となりはひあるく

220 牢牢握君手，手上皲裂重 *

握りしめる手に手のあかぎれ

　　* 本句题目为"再会"。

221 小石头，咕噜咕噜 * 下春山

春の山からころころ石ころ

　　* 叠音"korokoro"（滚动状）以"咕噜咕噜"
移译。

222　路转见海角，风吹豌豆田＊

まがると風が海ちかい豌豆畑

＊在爱知县渥美半岛所写。

223　花开云满天，就此练钢琴＊

花ぐもりピアノのおけいこがはじまりま
した

＊在一所叫"青盖句屋"的雅集所写。

224　山愈静来，花愈白

　　山のしづけさは白い花

225　君不见，信浓月初升 *

　　なるほど信濃の月が出てゐる

* 与友人若水君一起参观长野县高远城址所作。
信浓就是信州长野一带，高远城以樱花著名。

226 静寂，一如案上尘

しみじみしづかな机の塵

227 求得清水返，水洒几丝凉^{*}

もらうてもどる水がこぼれるすずしくも

*这首和"求得温水归，手捧莫倾覆"一句形
成对比。一个是冷天的温水，一个是热天的
凉水。

228　渡水惊鸦起 *

鴉とんでゆく水をわたらう

*踏上四国巡礼之路所写。

草木塔以后

四国遍路

229　借宿不得処，明月引我行

　　泊めてくれない折からの月が行手に

230　循渓水，黙然一日行

　　水にそうていちにちだまつてゆく

231　明月夜，扁舟横，我来舟中眠

　　月夜あかるい舟がありその中で寝る

232　幸有水，洗来惬意，饮来甜

　　水あり飲めばおいしく洗ふによろしく

233 晨起桥过罢，始乞行

朝の橋をわたるより乞ひはじめる

234 极力登顶处，稍下，秋寺前

のぼりつめてすこしくだれば秋の寺

235 枕石上，白云去悠悠 *

石を枕に雲のゆくへを

* 与友人一洵君，在松山市沿着石手川畔散步
时所写。

236 庵主云游去，我自敲木鱼

庵主はお留守の木魚をたたく

237　日暮但行山外山，不愿一枕到天明

　　暮れると寝て明けるよりあるく山また山

238　故乡芦苇影，小憩入梦来

　　まどろめばふるさとの夢の葦の葉ずれ

239　故乡辄入梦，涛声缓缓来

波音おだやかな夢のふるさと

240　此桥一渡更不归，长风复长风*

ふたたびはわたらない橋のながいながい風

* 写于吉野桥。

241　上山复下山，茫然若失，欲何寻

　　お山のぼりくだり何かおとしたやうな

242　月澄澈，命里哀愁叹此身

　　生きの身のいのちかなしく月澄みわたる

243 吃尽化来一把米，日日如是旅

　　一握の米をいただきいただいてまいにち

　　の旅

一草庵

244　安住死亦足，草枯日凋零 *

おちついて死ねさうな草枯るる

> * 诗人写道：老来越发感到，死比生更为棘手。
> 《一草庵》里的俳句，都是山头火辞世前一年
> 间写下的。

245　正月里，一轮花开，又一轮 *

一りん咲けばまた一りんのお正月

> * 吟咏桌上的水仙花。

246　昆虫火上烤，香醉人

　　焼かれる虫の香ひかんばしく

247　渐渐远，背影落霞中

　　遠ざかるうしろ姿の夕焼けて

248 以往，将来，映雪明

こしかたゆくすえ雪あかりする

249 行事似父日，父已不在世

だんだん似てくる癖の、父はもうゐない

250 蒲公英吹落，每忆母死时 *

たんぽぽちるやしきりにおもふ母の死の

こと

*写于母亲第四十九年忌日。山头火在这一年
辞世。

251 蝴蝶翩翩舞，片片开春兰 *

てふてふひらひらひらかうとしてゐる春蘭

*此句用三个叠音"hira hira hira"，译文以"翩
翩""片片"再现一二。

252 绚烂一日毕，且看落日圆

今日のをはりのうつくしや落日

253 蝉叫似潮水：莫饮莫饮且停杯 *

蟬しぐれの、飲むな飲むなと熊蟬さけぶ

* 本句题目是：虽然很想禁酒……

254　云涌起，白云涌起，我步向白云 *

　　もりもりもりあがる雲へ歩む

255　春日偶来客，酒一坛

　　春はたまたま客のある日の酒がある

256 佛前彼岸花，折花在彼岸

折りて仏にたてまつるお花もひがん

257 浊水若长流，自清澄*

濁れる水の流れつつ澄む

* 这首是常被引用的一首俳句。清和浊在流动
中是相对的。

出家以前

258　月落翅膀上，大鸟正夜飞

　　大きな鳥の羽ばたきに月は落ちんとす

259　巨蛛悄结网，朝霞中

　　大蜘蛛しづかに綱張れり朝焼の中

260 新月正朦胧，无名花开，摇曳中

三日月ほのと名も知らぬ花のゆらぎをる

261 水田作底欲揽云，近黄昏

水田は底に雲をつつみてたそがれぬ

262 铁轨无限远，凄厉伯劳啼

レール果てなく百舌鳥のみが鋭し

263 火车近，飘飘落叶，汽笛鸣

落葉ほろほろ汽笛鳴らしつつ汽車が来し

264　犹对梦中女，小猫伸懒腰

夢深き女に猫が背伸びせり

265　今日，乱云来去，噪鸦啼

鴉けふも啼きさわぎ雲のみだれけり

266 蛙鸣多寂寞，旅路似无涯

蛙さびしみわが行く道のはてもなし

267 明月已升起，眼前花欲开

月が昇れりわがまへの花ひらくべし

268 昼悲思无尽，天高日一轮

真昼かなしきおもひわく日輪たかし

269 啼哭稚儿返，灯明候汝归

泣いて戻りし子には明るきわが家の灯

270 悲烟一缕直，落日每浑圆

一すぢの煙悲しや日輪しづむ

271 密密雪中归，写信寄吾妻

雪ふる中をかへりきて妻へ手紙かく

272 雨夜补破衣，淅沥沁入心

ほころび縫う身に沁みて夜の雨

273 绕灯团团飞，此虫亦残生 *

生き残つた虫の一つは灯をめぐる

* 此句写了对人生最后日子的感慨。

274 猫潜月夜来饮水，我亦饮一杯

月夜の水を猫が来て飲む私も飲まう

275 一口白米饭，缓缓嚼秋风

噛みしめる飯のうまさよ秋の風

276　深宵温饭时，泪满襟

　　ま夜なかひとり飯あたためつ涙をこぼす

277　残灯甫灭，雨满心

　　あかり消すやこころにひたと雨の音

总集篇其他

278　试饮清溪水，知山

　　山のふかさはくちづけてのむ水で

279　落叶尽时，果实红

　　落葉しつくしたる木の実の赤く

280　为有奇险峰，流水更玲珑

　　山のけはしさ流れくる水のれいろう

281　欲寐还醒夜更长，流水响

　　寝ても覚めても夜が長い瀬の音

282 笔直路，明月照我还

かへりはひとりの月があるいっぽんみち

283 辗转难眠枯草上，犹闻春气息

寝ころべば枯草の春匂ふ

284　花开时悄然，花落时断然

　　開いてしづかに、ぽとりと落ちた

285　今朝尽开门与窗，忖度似有吉信来

　　けふはよいたよりがありさうな障子あけ

　　とく

286 无名草开花，瞬间遍紫霞

名もない草のいのちはやく咲いてむらさき

287 冬日观海浪轻摇，回乡去

ふるさとへ冬の海すこしはゆれて

288 打蝇又打蚊，在打我自身 *

蝇を打ち蚊を打ち我を打つ

* 此句题目"自省"。

289 响雷远，草叶上，瓢泼雨

雷遠く雨をこぼしてゐる草の葉

290　满怀寂寞，篝火燃

　　こころさびしくひとりまた火を焚く

291　扫叶成堆生炊烟，晨光散无边

　　掃きよせて焚くけむり朝のひろびろ

292 秋雨后，柿叶又将色斑斓

　　しぐれて柿の葉のいよいようつくしく

293 叶落了，从今水亦甜

　　落葉するこれから水がうまくなる

294 晨光里，清溪一线，汩汩流

朝は澄みきつておだやかなながれ一すぢ

295 听音寻得，暮秋雨

おとはしぐれか

296 风中放声念，南无观世音菩萨

風の中声はりあげて南無観世音菩薩

297 趁晴天，重温故乡凸尖山

晴れて鋭い故郷の山を見直す

298　抬望皎皎月，我与猫头鹰

　　冴えかへる月のふくろうとわたくし

299　猫头鹰，春夜彻啼三两声

　　春の夜のふくろうとして二声三声は啼いて

300 壮美夕云暮，晚蝉一阵鸣

ゆふ雲のうつくしさはかなかなないて

译后记

一

　　"一期一会"是一句很奇妙的话语。笔者从一己的人生经验中，也往往能体会得到，某个遥远的日子的身边的一件小事，你注目它也罢，风吹而过也罢，日后，会以一种鲜活的方式让过去和当下结缘，让人点头微笑，感叹人生的展开通常都是基于某时的邂逅。

　　笔者八十年代中负笈东渡，留学九州，苦读数年取得工学博士学位，留校任教。虽然专业为计算机及信息通信工程，但业余和闲暇时，钟情于耽读日本文学、诗歌、随笔及哲学等各类书籍，度过了堪称留学期间最为惬意的时光。后来，笔者因工作关系的变动，远渡重洋，在加拿大和美

国生活和工作了多年，近年也常常回到国内。虽然与日本的生活日渐疏远，但日文书籍的阅读习惯，还是想方设法保留了下来。回想起来，笔者在日本亲历了昭和年代的最后三年，以及平成年代的最初四年；而如今日本已进入了令和时代，当时一别，颇有一番感慨无量之处。

当时所爱读的书籍，很自然地包含了俳句和和歌。因为身处日本九州岛，也极其自然地关注着九州和西日本一带的作家和俳人。其中，山头火作为托钵云游的诗僧，给我留下了深刻的印象。1989年，有幸观看过日本NHK播出的电视剧《山头火：为何风吹寂寞》，该剧好评如潮。而最近有一次在越洋的飞机航班上，看了高仓健生前主演的最后一部电影《只为了你》（2012年），电影里的一段对话围绕着对山头火和其俳句的引用和解读，令人动容。就这样，山头火的名字，又一次从记忆深处浮现出来。回到上海，经翻译家小二老师的介绍，适逢雅众文化的方雨辰老师，在谈论他们最近出版并热销的俳句集时，提到了种田山头火的作品，引出了翻译引进他的作品的想法。笔者显然勾起了一试的兴趣，这便是本书

由来的因缘。从初识山头火的留学时代到现在，一晃已经三十年过去了。

二

俳句作为日本诗歌的一种固有形式，不仅在日本世代传承，而且对世界范围内的诗歌和文学，都有着积极的影响。在中国，其影响也不例外。常规五 - 七 - 五的十七音节的定型俳句，大师辈出，如松尾芭蕉、小林一茶等，八十年代以来，已为我国读者逐渐熟悉。

相对于传统的定型俳句而言，自由律俳句为传统俳坛吹入了一股新风。自由律俳句更重视内容的表达，从固定形式里洒脱地解放出来。它不仅仅是运用季候语吟诵对大自然的感悟，更把文学表现拓宽到生活的方方面面，创造了一种象征性地表达人生的短诗新风潮。种田山头火（1882—1940），正是自由律俳句的一位代表人物。他以一生的实践，把自由律俳句的创作带到了前所未有的新境界。

行旅足迹遍布西日本一带的山头火，他眼里

195

都看到了些什么，大自然的哪些景象打动了他呢？
在日本，曾有热心的研究者挑选了山头火一万首
作品，从中统计了出现次数最多的意象和景物词。
结果很有趣：

秋	2551	夏	2388
冬	2216	春	1492
旅	2916	花	1319
水	1253	昆虫	978
风	762	山	612
月	568	鸟	521
动物	290	生死	275
海	227	酒	203
故乡	198	节庆	63

由此可见，山头火最为钟情的意象是水和风；
落墨最多的季节是秋天；而描写最多的，是孤独
行旅中所见的花和野草。这些意象，构成了山头
火内心的风景。他在集子《行乞途上》后记里写道：

我喜欢酒，也喜欢水。从前昨日，

我喜爱酒甚于喜爱水。如今我酒与水同等喜欢。明日，也许我爱水甚于爱酒了。《钵子》里多是如酒的句；《行乞途上》则是酒和水一体的句；而今后，我期望自己多写如水的句。我必须到达一种其淡如水的境界。

在集子《杂草风景》的后记里，山头火进一步吐露心声，他写道：

> 风景必须成为风光。声响要成为声音，身形成为身姿，嗅闻成为香气，颜色成为光明。
>
> 我不过是野草一样的存在，我也满足于此。野草虽为野草，也会成长、开花结实；然后如果枯萎，就让它枯萎罢了。有时清澈，有时浑浊——时清时浊皆是我。但有一点可以肯定：无论是清是浊，我吟出的每一句诗，都如从我身心一一脱落出来。

显然，水和风，是山头火喜爱的象征意象。它们不停滞，不浑浊，不停流动。水有动听的声音，甘甜能解人渴；可洗涤身心，倒影青山；论重，能载舟覆舟，论轻，能清净无为。水，这种诉诸听觉，味觉，视觉，嗅觉，触觉的通感形态，以及无常自在的变化和流动，正是山头火的行脚生涯及其作品的终极追求。

　　山头火一生自由律俳句创作颇丰，本书仅仅是其作品的一个选集（300 首）。作为曹洞宗的行旅僧人，他的行脚生活始于 1925 年（43 岁）。山头火的生涯巨作，是于辞世那年（1940 年，58 岁）4 月出版的自选集《草木塔》。诗集选收了 701 首俳句，全部是行脚生活中所作，可见山头火对这一段人生历程的重视，及其感铭之深。本书收录的大部分的俳句都是出自《草木塔》。[1]

　　《草木塔》的选句截至 1939 年 9 月末。从那时到 1940 年 10 月山头火离世的大概一年间，诗人并未辍笔。此时期可大致分为离开山口县去四国岛的"四国遍路"时期，和住入松山市"一草

---

[1]　《山头火句集》文库版，村上护编，2018 年 11 月，筑摩书房。

庵"的时期。本书选取了这个时期的小部分俳句。同时，也从其出家以前的创作中选取了少许译出。本书还另外甄选了山头火作品总集中的少数几首，以求读者可以窥其全貌。[1]

关于山头火的自由律俳句的译本，中文翻译之前有九十年代初李芒先生的译本[2]，主要从《草木塔》收录了大约 200 首作品。在 1974 年，山头火的俳句英译也有所尝试，翻译了《草木塔》中的 174 首。本书收录了山头火俳句 300 首而成一集，寄望了解山头火及其自由俳魅力的读者日益增加，使这种以微见著的短诗，给读者带来一种意境深幽的美的享受；在出世和入世之间，让诗意直入人心。

翻译这种世界上最短的短诗，殊非易事，多种多样的翻译方式都有可能。诗体的移译，韵律节奏的再现，留白的处理等，在斟酌推敲之时，大有精彩纷呈之处。希望本书的翻译实践，可以成为今后更多，更新的俳句翻译中的一块铺路石。

---

1 《山头火全句集》，2002 年 12 月，春阳堂书店。

2 《山头火俳句集》，李芒编译，1991 年 9 月，浙江文艺出版社。

但有错漏之处，期待读者批评和指正。

高海阳

2019 年 8 月

图书在版编目（CIP）数据

只余剩米慢慢煮：种田山头火俳句 300 /（日）种田山头火著；高海阳译 . -- 长沙：湖南文艺出版社，2019.12

ISBN 978-7-5404-9471-1

Ⅰ. ①只… Ⅱ. ①种… ②高… Ⅲ. ①和歌—诗集—日本—古代 Ⅳ. ① I313.22

中国版本图书馆 CIP 数据核字（2019）第 225555 号

上架建议：文学 · 诗歌

ZHI YU SHENGMI MANMAN ZHU: ZHONGTIAN SHANTOUHUO PAIJU 300

只余剩米慢慢煮：种田山头火俳句 300

作　　者：	［日］种田山头火
译　　者：	高海阳
出 版 人：	曾赛丰
责任编辑：	薛　健　刘诗哲
策划机构：	雅众文化
策 划 人：	方雨辰
监　　制：	于向勇　秦　青
特约编辑：	简　雅　蔡加荣　张　卉
营销编辑：	赵　磊　刘晓晨
装帧设计：	尚燕平
出　　版：	湖南文艺出版社
	（长沙市雨花区东二环一段 508 号　邮编：410014）
网　　址：	www.hnwy.net
印　　刷：	山东临沂新华印刷物流集团有限责任公司
经　　销：	新华书店
开　　本：	880mm × 1230mm　1/32
字　　数：	92 千字
印　　张：	6.5
版　　次：	2019 年 12 月第 1 版
印　　次：	2019 年 12 月第 1 次印刷
书　　号：	ISBN 978-7-5404-9471-1
定　　价：	48.00 元

若有质量问题，请致电质量监督电话：010-59096394
团购电话：010-59320018